El Laberinto del Terror:

Una Colección de Historias de Asesinos Seriales, Misterios y Pesadillas que Desafiarán tu Cordura:

Historias de Terror en Español

by: Kizer Tlovef

"La oscuridad siempre ha sido mi amiga, la envoltura perfecta para el miedo." - *Clive Barker.*

Prefacio

Ten cuidado al abrir este libro maldito, porque en su interior se esconden horrores que van más allá de nuestra comprensión.

Sumérgete en las páginas de "El Laberinto del Terror: y prepárate para adentrarte en un mundo donde lo desconocido y lo macabro se mezclan en una atmósfera de misterio y terror.

Las historias contenidas en este libro te transportarán a universos oscuros y perturbadores, donde los horrores cósmicos acechan en cada esquina y donde la supervivencia es incierta.

Desde el vacío del espacio exterior hasta los rincones más sombríos de la mente humana, cada historia te llevará a lugares donde la cordura es cuestionable y la realidad es frágil. Con una prosa evocadora y llena de suspense, " El Laberinto del Terror " es una obra maestra del género de terror que no te dejará indiferente

Contenido del libro

El hombre de la máscara oscura y los asesinatos de la ciudad

La primera víctima

La historia comienza con el descubrimiento del cuerpo sin vida de una joven mujer en un callejón oscuro de la ciudad. Su rostro está cubierto por una máscara negra y hay múltiples heridas de arma blanca en su cuerpo, como si el asesino la hubiese torturado por largas horas.

La policía es alertada y el detective encargado del caso, John Parker, se presenta en la escena del crimen, listo para desentrañar aquel misterioso caso. Luego de ver lo evidente, se queda mirando el cuerpo por un momento, su mente tratando de hacer sentido de lo que ve. Es que aquella escena no es cualquier escena. El detective Parker con más de 12 años de experiencia jamás había visto algo así. El sadismo con que dejaron el cuerpo de la joven era brutal. Marcas de tortura con toda clase de objetos evidencian el horror. Sabía que aquello era producto de una mente enferma y desalmada. Y no podía permitir que anduviera asesinando personas ahí por doquier.

Luego de unos minutos, la escena se llena de uniformados y técnicos forenses. El detective Parker interroga a los testigos que se presentan y revisa las cámaras de seguridad cercanas. Pero no hay nada útil que le permita avanzar en el caso. La prensa comienza a publicar historias sobre el asesinato y la ciudad empieza a ponerse nerviosa y paranoide. Nadie sabe quién pudo haber cometido este crimen y la gente empieza a tener miedo, especialmente las mujeres que salen a trabajar temprano.

El detective Parker, por su parte, no puede quitarse de la cabeza la imagen de la víctima con la máscara negra, es inusual. Siente que hay algo extraño en eso, algo que no encaja. Pero no puede poner el dedo en el asunto.

La ciudad está en máxima alerta, y el detective Parker se siente presionado por el gobernador para encontrar al asesino antes de que haya otra víctima. Pero, por el momento, todo lo que puede hacer es esperar a que aparezcan más pistas y tratar de entender los patrones del asesino.

La investigación del detective

El detective Parker comienza a investigar a fondo el caso, entrevistando a familiares y amigos de la víctima en busca de alguna pista que lo lleve al asesino. También se reúne con los oficiales que examinaron la escena del crimen y revisa las pruebas en busca de cualquier detalle que pudiera haberse pasado por alto.

A medida que avanza la investigación, el detective se da cuenta de que la víctima tenía una vida secreta y que posiblemente estaba involucrada en actividades ilegales. Con la ayuda de algunos informantes, el detective descubre que la víctima había estado en contacto con un hombre misterioso que usaba una máscara negra, aunque no pudo saber mucho en ese momento.

A pesar de eso, el detective sigue sin tener una pista concreta sobre el asesino durante varios días. Hasta que harto de estar atorado en la investigación decide revisar los archivos de otros casos sin resolver en busca de patrones o similitudes que puedan ayudarlo a encontrar al responsable de este homicidio.

Luego de pasar y horas y horas analizando, el detective Parker encuentra una posible conexión entre el asesinato de la joven mujer y otros dos casos de asesinatos que habían ocurrido muchos años atrás. En ambos casos, las víctimas habían sido encontradas con máscaras negras sobre puestas y múltiples heridas de arma blanca y objetos cortantes en todo el cuerpo. Pero estos casos habían sido archivados como sin resolver.

Con esta nueva información, el detective Parker se enfoca en buscar a posibles sospechosos que hayan estado involucrados en los casos anteriores. Pero, una vez más, las pistas parecen no llevar a ninguna parte, y eso se convierte en una molestia. El asesino sigue siendo un enigma para el detective, y la ciudad sigue siendo presa del terror ante la posibilidad de que haya más víctimas o estén sucediendo en ese momento, o inclusive que el asesino haya cambiado su modus operandi en los asesinatos, y con eso sea mucho más complicado para el departamento de investigación dar con él.

El hombre de la máscara oscura

El detective Parker, obsesionado con la máscara negra que había sido encontrada en la escena del crimen, comienza a investigar todo lo relacionado con la misma. Luego de varios días de investigación, finalmente encuentra una tienda de disfraces al sur de la ciudad donde habían vendido una máscara idéntica a la encontrada en la escena del crimen.

Parker interroga meticulosamente al dueño de la tienda, quien le proporciona información de un hombre que había comprado una máscara negra hacía unos meses, que, según el dueño, era igual a la que había sido encontrada en el lugar del crimen. El detective Parker sigue la pista del comprador de la máscara, y después de algunos días de averiguación, finalmente encuentra al hombre que había comprado la máscara en cuestión.

El hombre resulta ser un artista callejero conocido en la ciudad, que se hace llamar "El hombre de la máscara oscura, o pilatus el pintor". Él explica al detective que la máscara era parte de su vestuario y que la había perdido curiosamente la noche del asesinato.

El detective no puede creer que este hombre, que parece ser una figura inofensiva, pueda estar involucrado en los asesinatos. Pero su instinto le dice que hay algo más detrás de la historia. Por tanto, el detective Parker decide investigar más sobre el artista callejero, visitando su casa y revisando sus antecedentes. Pero no encuentra nada que pueda vincularlo directamente con los asesinatos perpetuados la de la chica y otros más años antes. Entonces, el detective decide vigilarlo y seguir sus movimientos para descubrir si hay algo sospechoso en su comportamiento.

Pero cuando el detective está vigilando al hombre de la máscara oscura, algo extraño sucede. De repente, el hombre desaparece de su vista, y cuando el detective va en su búsqueda, encuentra un rastro de sangre que parece conducir a un callejón cercano. Con su arma en mano, el detective Parker se adentra en el callejón, sintiendo un miedo que nunca antes había experimentado.

El segundo asesinato

Mientras el detective Parker continúa investigando el caso del hombre de la máscara oscura, acontece otro asesinato similar al norte de la ciudad. Una joven mujer de 21 años es encontrada muerta en su apartamento, con múltiples heridas de arma blanca y una máscara negra en su rostro. El detective se da cuenta de que el modus operandi del asesino es muy similar al del primer asesinato, y que posiblemente el hombre de la máscara oscura esté involucrado en ambos casos.

Desesperado por encontrar alguna pista, el detective Parker decide revisitar a los testigos y posibles sospechosos del primer asesinato en busca de alguna conexión con el segundo. En medio de la investigación, el detective descubre que la segunda víctima también había estado en contacto con el hombre de la máscara oscura.

Con esta nueva información, el detective Parker se enfoca en encontrar al hombre de la máscara oscura, pero sus esfuerzos parecen ser en vano. El homicida parece estar siempre un paso adelante de él, y la ciudad entra más en pánico especialmente en las mujeres, ya que hasta la fecha van dos pero anteriormente asesinatos parecidos ha habido alrededor de 8.

El detective se encuentra en una carrera contra el tiempo para encontrar al asesino antes de que cause más daño. Pero el hombre de la máscara oscura parece ser un enemigo astuto y escurridizo, y la tarea del detective se vuelve cada vez más difícil. Con el segundo asesinato, el detective Parker se da cuenta de que está tratando con un asesino en serie muy inteligente, y que el tiempo está en contra de él, no solo tiene la presión del gobernador, sino ya del presidente de los Estados Unidos.

El patrón detrás de los asesinatos

Después del segundo asesinato, el detective Parker comienza a buscar patrones y pistas que lo ayuden a descubrir la identidad del hombre de la máscara, y el motivo detrás de los asesinatos, o simplemente actúa por matar sin ningún trasfondo.

A medida que profundiza en la investigación, Parker descubre que todas las víctimas tenían algo en común: habían estado en contacto con el hombre de la máscara oscura en algún momento antes de sus asesinatos. Además, todas las víctimas eran mujeres jóvenes y solteras, con características físicas y de personalidad similares.

El detective Parker concluye que el asesino está persiguiendo un patrón específico, y que posiblemente esté buscando a alguien que se ajuste a un determinado perfil. También sospecha que el asesino podría estar actuando por motivos personales o de venganza. Con esta información en mano, el investigador comienza a analizar el perfil del asesino, estudiando su posible historial, hábitos y personalidad. Pero nada parece encajar completamente, y días después, de nuevo el policía comienza a sentirse frustrado por la falta de progreso en el caso.

Mientras tanto, el asesino sigue suelto y la ciudad está sumida en el miedo y la incertidumbre. Las mujeres jóvenes evitan salir solas de noche y las autoridades han aumentado la seguridad en las calles. Pero a pesar de los esfuerzos del detective, y su departamento de investigación, no dan muchos frutos. Parker comienza a temer que el asesino pueda escapar de la ciudad antes de que pueda ser atrapado.

El encuentro con el asesino

Después de semanas de dura investigación, el detective Parker finalmente descubre una pista que lo lleva al parque de la ciudad. Allí, encuentra al hombre de la máscara oscura parado frente a él, al saber que ha sido descubierto toma saca un cuchillo y se dispone a atacar al solitario detective en aquella tarde solitaria en ese parque alejado de la ciudad.

El detective y el asesino comienzan una confrontación tensa de miradas, con el detective Parker sosteniendo su arma y el hombre de la máscara oscura con su cuchillo filoso. El asesino parece estar disfrutando del momento, jugando con el detective y burlándose de sus esfuerzos por atraparlo.

Mientras tanto, la tensión en el parque aumenta a medida que la multitud se da cuenta de lo que está sucediendo a unos 200 metros. El detective Parker sabe que tiene que actuar rápido antes de que el asesino escape una vez más.

Con su instinto de detective en su máximo nivel, Parker usa sus habilidades para engañar al asesino y dejarlo vulnerable. En un movimiento audaz, Parker logra derribar al asesino y quitarle su máscara sin un solo disparo ya que lo quería con vida, para descubrir el trasfondo de todo esto.

Para su sorpresa, el hombre de la máscara oscura no es un extraño, sino alguien que Parker conocía desde hace mucho tiempo. La revelación sacude al detective, quien comienza a cuestionar su propia percepción de las personas a su alrededor. A pesar de la confusión y el dolor, el detective Parker se enfoca en su trabajo y lleva al asesino a la justicia. Con el hombre de la máscara oscura tras las rejas, la ciudad finalmente puede respirar tranquila.

El detective Parker se da cuenta de que nunca se sabe quién puede estar detrás de una máscara, y de que el mal puede acechar en cualquier lugar, incluso entre nuestros amigos. Pero también se da cuenta de que su trabajo es proteger a su ciudad y que seguirá haciendo todo lo posible para mantenerla segura.

El caso del hombre de la máscara oscura es un recordatorio sombrío de que el mal existe en el mundo, pero también es una muestra de la fortaleza y la determinación del ser humano para enfrentarlo y superarlo.

La huida

Tras el encuentro con el asesino, el detective Parker descubre que él también era un objetivo del hombre de la máscara oscura. Parker sabe que tiene que tomar medidas para protegerse a sí mismo y a su familia, en dado caso tenga cómplices allá afuera.

Semanas después, en medio de la noche, Parker se despierta al escuchar un ruido extraño en su casa. Al acercarse a la puerta de su habitación, ve que la puerta principal ha sido forzada y que alguien ha entrado a su hogar. Parker toma su pistola y se esconde detrás de un mueble, esperando a que el intruso aparezca. Cuando el hombre de la máscara oscura entra a la habitación, Parker dispara, pero el asesino esquivo se mueve con rapidez y logra escapar.

Parker sabe que no puede quedarse en su casa, y decide huir para protegerse a sí mismo y a su familia. Coge algunas pertenencias esenciales y sale por la puerta trasera de su casa. Mientras corre por las calles de la ciudad, Parker se da cuenta de que el hombre de la máscara oscura lo está persiguiendo. Parker sabe que no puede detenerse y que debe encontrar un lugar seguro para esconderse. Solo se pregunta, como diablos escapo o salió de prisión ese maldito psicópata.

Finalmente, Parker llega a un almacén abandonado en las afueras de la ciudad. Rápidamente, busca una forma de entrar y descubre una puerta trasera abierta. Una vez dentro, se esconde detrás de algunas cajas y espera a que el asesino se aleje.

Después de unas horas, Parker decide que es seguro salir del escondite y buscar ayuda. Se dirige a la estación de policía más cercana y se comunica con sus colegas para informarles de la situación.

El detective Parker se da cuenta de que su vida ha cambiado para siempre debido a su trabajo como detective. Ya no puede vivir como antes y debe estar siempre alerta para protegerse a sí mismo y a su familia. A pesar de todo, Parker se siente seguro sabiendo que está haciendo todo lo posible para llevar al hombre ante la justicia federal y no vuelva a escapar. La lucha contra el mal nunca termina, pero Parker está decidido a hacer todo lo posible para asegurar que la ciudad esté a salvo.

Fin

Después de la captura del asesino y la revelación de su identidad, el detective Parker sintió la necesidad de tomarse un tiempo libre. Necesitaba alejarse de la ciudad y de todo lo que había pasado, para procesar todo lo que había sucedido y encontrar la forma de seguir adelante. Parker decidió ir a una cabaña aislada en las montañas, donde esperaba encontrar la paz y la tranquilidad que tanto necesitaba. Pero cuando llegó allí, se dio cuenta de que la cabaña ya estaba ocupada por alguien más.

Un hombre misterioso y silencioso había estado viviendo allí durante semanas, y no parecía estar dispuesto a irse pronto. Parker intentó hablar con él, pero el hombre parecía evasivo y poco dispuesto a hablar. Parker comenzó a notar cosas extrañas en la cabaña. Había marcas en la pared que parecían escritas con sangre, y objetos extraños y perturbadores esparcidos por toda la casa. Cada vez que el detective preguntaba al hombre sobre ellos, éste simplemente se encogía de hombros y se alejaba.

Finalmente, Parker se dio cuenta de que el hombre estaba obsesionado con él, y que había venido a la cabaña para matarlo. La máscara oscura que había usado en sus asesinatos estaba tirada en el suelo de la cabaña, y Parker sabía que era sólo cuestión de tiempo antes de que el hombre lo atacara.

En una carrera desesperada contra el tiempo, Parker intentó escapar de la cabaña y encontrar ayuda. Pero el hombre lo persiguió, y la pelea final fue brutal y sangrienta. Al final, Parker logró vencer al hombre de la máscara oscura, y escapar de la cabaña. Pero nunca volvió a ser el mismo después de ese encuentro. Sabía que había sobrevivido por muy poco, y que su vida nunca volvería a ser la misma.

La historia del hombre de la máscara oscura y los asesinatos de la ciudad había por fin terminado, pero el detective Parker había sido cambiado para siempre. La experiencia lo había dejado con una cicatriz emocional que nunca sanaría por completo, y siempre recordaría la importancia de mantenerse alerta ante las obsesiones peligrosas de los demás. El asesino quedó sobre el suelo muerto de aquella cabaña apuñalado con su mismo cuchillo. Mientras tanto Parker como pudo cogiendo y herido de un brazo de inmediato llamo a sus compañeros...

Terror en el planeta Ubi

En el año 2067, un grupo de exploradores compuesto por 15 miembros de naves interestelares enviados por la compañía Asukion se dirigió al lado sur del planeta Hermo para explorar la corteza terrestre. A medida que avanzaban, se dieron cuenta de que nunca antes habían visto algo así en ninguna de sus misiones anteriores.

A lo lejos, divisaron unas extrañas construcciones y bóvedas que parecían haber estado allí desde hace siglos. Esto era inusual ya que, en sus misiones anteriores, no habían encontrado evidencia alguna de civilizaciones antiguas. A medida que se acercaban, notaron de que aquel lugar siniestro era un enigma, y que algo desconocido había habitado aquellos sitios hacia miles de millones de años.

Conforme los exploradores investigaban más minuciosamente, descubrieron un objeto siniestro con forma de lagarto, pero con aspecto humanoide. Era abominable, grotesco, y no parecía pertenecer a ninguna especie conocida en los diferentes planetas que habían explorado. Por tanto, no sabían qué hacer con él, no obstante, luego de pasar un par de minutos discutiendo en dejarlo en paz, la curiosidad los llevó a estudiarlo en profundidad.

Y, pronto se dieron cuenta de que este objeto siniestro no era nada concebido ni en sus más locas pesadillas. No había ninguna explicación lógica para su existencia desde el punto de vista científico, pero parecía estar allí desde hacía siglos. Los exploradores de Asukion no podían explicar cómo habían pasado desapercibidos durante tanto tiempo.

Poco a poco, la tensión comenzó a aumentar en el grupo de exploradores. El objeto parecía tener un efecto extraño en su psique, provocando pesadillas y visiones terroríficas en aquellos que lo investigaban, es decir en aquellos que lo palpaban. Pronto, descubrieron que algo siniestro estaba ocurriendo, algo que no tenían forma de entender.

Mientras el grupo de exploradores continuaba investigando el objeto abominable, comenzaron a notar cambios extraños en su entorno. De pronto, los cielos se oscurecieron, y las montañas temblaron como si de un terrible terremoto se tratase. Y justamente en ese instante, es cuando cayeron en la realidad, de que habían desatado algo peligroso y que ahora estaban en totalmente en peligro.

Y no paso más que unos segundos de aquello, cuando de pronto, el objeto comenzó a liberar una energía oscura y atraer a criaturas desconocidas, de sepa dónde. La situación se tornó desesperada y angustiante, y los exploradores se dieron cuenta de que no podrían sobrevivir a la embestida de esas entidades diabólicas. Entonces a suplicas de los más temerarios, decidieron huir y buscar refugio en las bóvedas que habían descubierto previamente más abajo.

Sin embargo, las bóvedas no ofrecieron mucho refugio una vez llegado. Descubrieron que estaban llenas también de esas malditas criaturas que parecían haber sido encerradas allí por algún propósito desconocido. Estas entidades no parecían tener ninguna intención amistosa y se abalanzaron sobre los exploradores, quienes lucharon por sus vidas a toda costa.

La situación se volvió cada vez más terrible. Los exploradores se vieron obligados a huir de las bóvedas y adentrarse en la extensa cordillera más abajo. Sin embargo, las criaturas los seguían, y pronto se vieron acorralados en una situación desesperanzadora.

A medida que la situación empeoraba más y más y sus esperanzas desfallecían, algunos comenzaron mientras corrían a preguntarse que: ¿Cómo iban a sobrevivir a esta pesadilla? Sin embargo, uno de los miembros del grupo tuvo una idea. Recordó haber visto un mapa en las instalaciones de Asukion que mostraba un camino secreto que llevaba a un refugio oculto en la cordillera. Quizás podrían llegar allí y encontrar alguna forma de protegerse de esas cosas.

Con esta nueva esperanza, el grupo se apresuró a seguir el camino secreto dicho por Samuk uno de los chicos. Sin embargo, no fue nada fácil, lucharon contra las criaturas y el peligro en cada paso del camino. Pero finalmente, llegaron al refugio. Una vez allí, encontraron algo que nunca esperaron: una civilización antigua que había estado escondida durante eones en el cosmos. Esta civilización sabía del objeto abominable y tenía un conocimiento profundo de las criaturas que habitaban en la cordillera.

La verdad, es que los exploradores se dieron cuenta de que habían tropezado con algo peligroso, pero también descubrieron una fuente de conocimiento invaluable que podría cambiar todo lo que sabían sobre la vida en el universo y la ciencia.

Los exploradores fueron recibidos por los habitantes de la civilización antigua, quienes les dieron la bienvenida con curiosidad y asombro. Así que los exploradores pronto descubrieron que esta civilización había estado escondida durante mucho tiempo de sus enemigos, protegida por un escudo invisible que los mantenía a salvo de las criaturas que habitaban en la cordillera.

La civilización antigua estaba compuesta por seres extraños y poderosos y de aspecto estreno, y con habilidades que iban más allá de lo que los exploradores habían visto antes. Les revelaron que el objeto abominable era en realidad una antigua arma creada por una raza alienígena que había desaparecido hace mucho tiempo. Esta arma tenía el poder de destruir mundos enteros y había sido sellada por la civilización antigua para evitar que cayera en manos equivocadas, manos que podrían aniquilar galaxias enteras de vida.

Fue entonces en ese momento, en que los humanos se vieron entre sí, y se dieron cuenta de que habían cometido un gran error al despertar ese objeto abominable y convertirlo en un ente. Sin embargo, los habitantes de la civilización antigua les ofrecieron una solución. Había un antiguo ritual que podía ser realizado para sellar de nuevo el objeto y evitar que causara más daño.

Los exploradores aceptaron ayudar con el ritual, pero pronto descubrieron que había un precio. Para completar el ritual, debían sacrificar algo de valor incalculable. Al principio, no estaban seguros de qué podrían sacrificar, pero pronto se dieron cuenta de que la única cosa valiosa que tenían era: su propia vida.

Con gran pesar, los exploradores se ofrecieron como sacrificio para sellar el objeto abominable y proteger el universo de su poder destructivo. Los habitantes de la civilización antigua realizaron el ritual con cuidado y precisión, sellando el objeto y asegurándose de que nunca más pudiera ser despertado.

Los exploradores habían salvado el universo al parecer, pero a costa de sus propias vidas. Su sacrificio no sería olvidado, y su legado se convertiría en algo indeleble en la mente de muchas criaturas. La civilización antigua honraría su memoria para siempre, recordando a los valientes exploradores que se ofrecieron en el altar del universo.

El universo estaba seguro de nuevo, y la civilización antigua seguiría existiendo en secreto, protegiendo el universo de cualquier peligro que pudiera surgir. Los exploradores habían cumplido su propósito, y aunque habían pagado un precio muy alto, su sacrificio no había sido en vano.

El Misterio del Planeta Rocoso UB65

Capítulo 1: El Viaje hacia lo Desconocido

La nave espacial "Calypso" despegó de la base de la Federación Galáctica, lista para embarcarse en una misión de exploración en el misterioso planeta rocoso UB65. La tripulación estaba compuesta por seis expertos en exploración planetaria, cada uno con habilidades y especializaciones únicas para la misión.

El comandante de la nave, el Capitán Miller, saludó a cada uno de sus compañeros de tripulación antes de iniciar el despegue. Mientras despegaban, el equipo observó cómo la base se desvanecía en el horizonte. Estaban solos, embarcándose en una misión hacia lo desconocido. La nave estaba equipada con lo último en tecnología de exploración y defensa, lista para enfrentar cualquier desafío que se presentara en el planeta rocoso o en cualquier otro planeta. La tripulación estaba nerviosa, pero también emocionada por lo que podrían descubrir en su misión número 25 y de acuerdo a su previa investigación quizás, la más importante hasta ahora.

Durante la primera parte del viaje, la tripulación se familiarizó con los sistemas de la nave y estableció una rutina diaria. Los científicos analizaron los datos recopilados en misiones de exploración anteriores y los prepararon para su uso en el planeta rocoso UB65. El equipo de seguridad se aseguró de que las armas estuvieran listas para su uso en caso de emergencia o cualquier imprevisto.

A medida que la nave se acercaba al planeta rocoso UB65, la tripulación comenzó a sentirse más tensa, obviamente, era natural. No sabían qué encontrarían en el planeta, pero sabían que sería peligroso de alguna manera, aunque no sabían por qué. La tripulación se preparó para aterrizar en el planeta, con los sistemas de defensa y los motores de la nave listos para cualquier emergencia.

Finalmente, la nave aterrizó el lado sur del planeta rocoso UB65. Los motores se apagaron, y el silencio llenó la nave. La tripulación se preparó para abrir la compuerta y salir al planeta, sin saber qué peligros les esperaban allí fuera.

Capítulo 2: Llegada al Planeta Rocoso UB65

La compuerta de la nave se abrió lentamente, y la tripulación salió al planeta rocoso UB65. El aire era denso y cargado, y la luz del sol era tenue, creando una atmósfera misteriosa y amenazante a la vez.

El equipo de seguridad salió primero, explorando los alrededores y asegurando el área antes de permitir que el resto de la tripulación saliera. Los científicos comenzaron a analizar la composición del suelo y las rocas, mientras que el equipo de seguridad buscó cualquier señal de vida inteligente.

Después de varias horas de exploración, la tripulación aún no había encontrado nada de interés. El planeta parecía desolado y sin vida. Sin embargo, la tripulación no bajó la guardia, siempre con el arma. Sabían que cualquier cosa podía suceder en este planeta desconocido, sin exploración previa.

Luego de unas 4 horas, de pronto, el equipo de seguridad encontró una entrada subterránea en una colina cercana. La entrada estaba oculta detrás de una roca gigante, y era difícil de detectar a simple vista. La tripulación se acercó con cautela, lista para enfrentar cualquier peligro, digo, en dado caso salieran hombres verdes.

Al entrar en la cueva, la tripulación descubrió un sistema de túneles subterráneos, tallados en la roca del planeta. Los túneles parecían antiguos y desgastados, lo que sugería que habían sido construidos hace mucho tiempo por seres inteligentes.

Mientras la tripulación exploraba los túneles con la emociona a la vez de saber que habían encontrado evidencia de vida extraterrestre, comenzaron a escuchar un sonido extraño y escalofriante, que parecía venir de lo más profundo de la cueva. La tripulación se detuvo y escuchó atentamente durante unos minutos, tratando de descubrir la fuente del sonido.

De repente, algo agarró al miembro más cercano del equipo de seguridad y lo arrastró hacia la oscuridad, eso fue terrorífico, simplemente escuchar un alarido de su compañero Bobby. Los otros miembros de la tripulación sacaron sus armas y comenzaron a buscar al compañero desaparecido. Pero, lo que encontraron los dejó sin aliento. El compañero había sido atacado por una criatura desconocida, con garras afiladas y dientes puntiagudos a saber por sus enormes y grotescas heridas. La tripulación se preparó para luchar, pero la criatura desapareció en la oscuridad antes de que pudieran accionar sus m16.

La tripulación estaba aterrorizada, pero sabía que tenían que seguir adelante. Sabían que algo siniestro habitaba en la cueva subterránea, y tenían que descubrir lo que era. No podían regresarse todavía, ya que era un viaje planeado durante muchos meses.

Capítulo 3: Explorando la superficie del planeta

Después del espeluznante encuentro en la cueva subterránea, la tripulación decidió explorar la superficie del planeta. La atmósfera del planeta era densa y el aire era difícil de respirar, pero la tripulación estaba decidida a descubrir lo que se escondía en el planeta rocoso UB65.

Mientras exploraban, encontraron ruinas antiguas quizás, de una civilización desconocida. Las ruinas ya estaban desmoronándose, y parecía que habían sido abandonadas hacía mucho tiempo. Sin embargo, la tripulación notó algo extraño en las ruinas: una extraña energía que parecía emanar de ellas.

Luego de una pequeña exploración, el grupo encontró una entrada oculta en las ruinas. La entrada estaba protegida por extraños signos tallados en la roca, y parecía ser la entrada a un templo o santuario.

Algo dubitativos al principio, tomaron algo de valor, y todos entraron en el templo y descubrieron una serie de habitaciones y pasillos, nunca antes visto en la arquitectura de la tierra. Las paredes estaban cubiertas de extrañas escrituras y símbolos arcaicos, y había extrañas estatuas y artefactos blasfemos en cada habitación. Mientras la tripulación examinaba el templo, comenzaron a sentir una extraña presencia que los seguía en la oscuridad, aunque dentro de si más bien le hachaban a lo desconocido más allá de criaturas con vida en aquellas ruinas anejas.

Y entonces sucedió... De repente, la tripulación fue atacada por una criatura extraña y siniestra, con tentáculos y dientes afilados. La criatura parecía ser un guardián de las ruinas, y estaba dispuesta a proteger el templo a toda costa.

La tripulación luchó contra la criatura, utilizando todas sus habilidades y armas avanzadas. Sin embargo, la criatura parecía indestructible, y la tripulación estaba perdiendo la batalla, además de que se estaban quedando sin municiones.

Justo cuando parecía que todo estaba perdido, la tripulación descubrió una debilidad en la criatura. Utilizando su ingenio y habilidades, la tripulación logró derrotar a la criatura y escapar del templo, aunque no del todo ilesos. Conforme la tripulación se alejaba de las ruinas, se dieron cuenta de que habían descubierto algo mucho más grande y siniestro de lo que nunca habían imaginado. El misterio del planeta rocoso UB65 era más profundo y peligroso de lo que habían previsto, y sin lugar a dudas estaban en total peligro.

Capítulo 4: El primer indicio del misterio

Después de su macabro encuentro con la criatura en el templo, la tripulación decidió que necesitaban más información sobre el planeta y su historia. Así que se dirigieron a una de las ruinas más grandes que habían encontrado en la superficie del planeta. Mientras examinaban las paredes de las ruinas, uno de los miembros de la tripulación llamado Rotty notó un extraño símbolo tallado en la roca de un aspecto blasfemo. El símbolo parecía ser una especie de mapa o guía, que indicaba la ubicación de algo importante en el planeta.

Entonces, la tripulación decidió seguir el mapa y ver a dónde los llevaría. Viajaron durante varios días, enfrentándose a peligros en el camino, hasta que finalmente llegaron a una cueva profunda en una montaña. La cueva estaba llena de extrañas formaciones rocosas y una extraña energía parecía emanar de ellas. La tripulación siguió avanzando en la cueva, hasta que finalmente llegaron a una gran cámara. En el centro de la cámara había un extraño objeto, que parecía ser una especie de portal o puerta. La tripulación se acercó al objeto con cautela, y pronto se dieron cuenta de que era mucho más que un simple artefacto antiguo.

El objeto estaba cargado de una energía extraña y poderosa, que parecía estar conectada a todo el planeta de una manera sobrenatural. La tripulación se dio cuenta de que habían encontrado la clave para desentrañar el misterio del planeta rocoso UB65, pero a la vez significa algo: un peligro latente con consecuencias posiblemente fatales si se quedaban por mucho tiempo más. La energía del objeto también parecía ser peligrosa y desconocida. La tripulación decidió que necesitaban más información antes de decidir cómo manejar el objeto.

Mientras examinaban el objeto, la tripulación se dio cuenta de que no estaban solos en la cueva. Algo se movía en las sombras a sus espaldas acechando. Entonces, La tripulación preparó sus armas de fuego y se enfrentó a la oscuridad, sin saber qué les esperaba en la cueva más al fondo. El misterio del planeta rocoso UB65 estaba comenzando a desentrañarse, pero la tripulación aún no sabía qué peligros acechaban en las sombras si en dado caso aquella oscuridad de hacía unos momentos era algo real o solo una simple pareidolia producto de su ansiedad y miedo a lo desconocido.

Capítulo 5: Investigando el misterio

Después de haber encontrado el extraño objeto en la cueva profunda, la tripulación del USS Odyssey se dio cuenta de que necesitaban más información antes de decidir qué hacer con él. Decidieron dividirse en grupos y explorar diferentes partes del planeta en busca de respuestas. Uno de los grupos se dirigió hacia las montañas para investigar más a fondo las extrañas formaciones rocosas que habían visto antes. A medida que se adentraban en las montañas, el grupo comenzó a experimentar extrañas visiones y alucinaciones.

En un principio, pensaron que era posiblemente debido a la falta de oxígeno en la atmósfera del planeta, pero luego se dieron cuenta de que algo más estaba en juego. Las visiones que estaban experimentando parecían estar relacionadas con la historia del planeta y su antigua civilización, algo inconcebible para ellos, y a la vez inexplicable.

El grupo descubrió que los habitantes originales del planeta habían sido una raza avanzada y poderosa hacia miles de años, que había construido grandes ciudades y dominado la tecnología de la energía. Sin embargo, algo había salido terriblemente mal en su civilización, y finalmente se habían extinguido.

Mientras exploraban las montañas, el grupo también descubrió una serie de túneles subterráneos que parecían ser parte de un sistema de transporte avanzado. Los túneles conducían a una gran cámara que contenía una extraña energía que parecía estar conectada con el objeto que habían encontrado en la cueva.

El grupo decidió informar a los otros miembros de la tripulación sobre sus hallazgos, y horas después se reunieron en la nave para discutir sus hallazgos. La tripulación decidió que necesitaban más información antes de decidir cómo manejar el objeto extraño, y comenzaron a buscar pistas sobre cómo los antiguos habitantes del planeta habían manejado la energía.

Mientras investigaban, la tripulación se encontró cada vez más en peligro. A menudo, parecía que algo los estaba acechando, pero nunca podían encontrar la fuente del peligro. Se dieron cuenta de que estaban lidiando con algo mucho más grande y peligroso de lo que habían imaginado. El misterio del planeta rocoso UB65 estaba empezando a desentrañarse, pero aún quedaban muchas incógnitas por resolver.

Capítulo 6: El misterio se vuelve más peligroso

La tensión en la nave aumentaba a medida que avanzaban las investigaciones. Los datos y muestras recopilados en la superficie del planeta indicaban la presencia de algo peligroso y desconocido. El equipo científico trabajaba arduamente en el análisis de los datos mientras el resto de la tripulación mantenía una vigilancia constante en la superficie.

Fue entonces cuando se produjo el primer incidente. Uno de los miembros del equipo científico fue encontrado muerto en su habitación. Su cuerpo estaba cubierto de extrañas marcas y no había signos de lucha. Los demás miembros del equipo estaban aterrados y comenzaron a especular sobre lo que podía estar sucediendo en el planeta. Y fue entonces que, a partir de ese momento, la tensión en la nave se hizo palpable. Los miembros de la tripulación empezaron a tener cada vez más visiones extrañas, oían ruidos inexplicables y percibían la presencia de algo cada vez más cerca. Y fue entonces, que el capitán decidió que debían tomar medidas drásticas para protegerse y ordenó que todos los miembros de la tripulación portaran armas en todo momento.

Pero la situación se volvió aún más peligrosa cuando otro de los miembros de la tripulación desapareció misteriosamente. A pesar de los esfuerzos por encontrarlo, no se encontró rastro alguno de él. La tripulación estaba aterrada y cada vez más convencida de que estaban enfrentando algo fuera de su comprensión. El misterio que rodeaba al planeta rocoso UB65 se había vuelto peligroso y mortal, y la tripulación se encontraba en una situación de extrema vulnerabilidad.

¿Qué podría estar acechándolos en las sombras? ¿Cómo podrían protegerse de lo desconocido? Las respuestas estaban por descubrirse, pero el precio podría ser muy alto.

Capítulo 7: La tensión aumenta

Sin lugar a dudas el terror los estaba consumiendo. La tripulación estaba en alerta constante, tratando de descubrir cualquier pista que pudiera ayudarles a entender el misterio del planeta rocoso UB65. Pero cada vez era más difícil ignorar el miedo que los acechaba en cada esquina. La nave estaba en silencio, interrumpido solo por el sonido de los instrumentos científicos y los susurros nerviosos de los tripulantes. Todos se sentían observados, seguidos por algo que no podían ver. Y en medio de la tensión, empezaron a suceder cosas extrañas. Hay que decir que aquello no tenía explicación debido a que la nave estaba completamente cerrada, por lo que en teoría nada debió haber entrado de afuera.

La primera en notar algo extraño fue la oficial Rocky Gina jefa de comunicaciones, quien informó que había recibido una señal de radio que no podía ser rastreada. Los científicos trataron de analizar la señal, pero no lograron encontrar una explicación racional para su origen. La señal era una mezcla de voces humanas, gorgoteos chirriantes y sonidos extraños, como si se tratara de una comunicación distorsionada y desesperada.

De pronto al otro lado de la nave un tripulante informó que había visto una figura extraña en el pasillo, un ser de aspecto humanoide con rasgos deformes y ojos brillantes. Fue entonces que en ese instante el miedo se hizo insoportable y la tripulación empezó a perder la cordura. Y Empezaron a pelear entre ellos, a acusarse mutuamente de estar escondiendo información o de estar involucrados en el misterio. Los miembros de la tripulación se habían convertido en una amenaza para sí mismos y para la misión en sí. Todos sospechaban entre sí.

Así que el capitán el más cuerdo aun del grupo tuvo que tomar medidas extremas para mantener el control y proteger a la tripulación. Ordenó un toque de queda y restringió el acceso a ciertas áreas de la nave a algunos miembros. Pero la tensión seguía en aumento, y era evidente que algo terrible estaba por suceder.

Capítulo 8: El enfrentamiento final

Pasadas unas horas y un poco más calmados, decidieron salir de la nave para de una vez por todas enfrentarse a eso que estaba acechándolos. Total, si iban a morir que fuera de pie, no como unos cobardes, al menos eso decía el capitán. El equipo, armado hasta los dientes, avanzó hacia la entrada de la estructura subterránea. La tensión era palpable y cada uno de ellos sabía que estaban a punto de enfrentarse a algo peligroso y desconocido.

Al entrar a aquella estructura, se encontraron en un pasillo oscuro y estrecho. Los sensores indicaban que la fuente del misterio se encontraba en lo profundo de la estructura. A medida que avanzaban, escuchaban ruidos extraños y sus luces apenas iluminaban su camino.

De pronto en algún punto del camino, se encontraron con una gran sala con una luz tenue que parecía venir de la pared. Al acercarse, descubrieron una puerta que parecía conducir a una habitación aún más grande. Hay que decir que todo enderrededor era de un aspecto extraño. Al abrirla, se encontraron con una cámara gigantesca, con techos altos y un objeto masivo en el centro. No pudieron identificar de qué se trataba, pero podían sentir su energía aterradora.

De repente, una figura oscura apareció detrás de ellos. Era alto y musculoso, con piel escamosa y ojos rojos brillantes, en pocas palabras: era la blasfemia de la vida. Emitió un rugido ensordecedor y se abalanzó sobre ellos.

El equipo disparó sus armas m16, pero parecía que nada podía detener a la criatura. Fue entonces cuando notaron que el objeto masivo en el centro de la habitación estaba brillando intensamente. Y es cuando una explosión de luz cegadora llenó la habitación y la criatura se desvaneció en el aire. El objeto en el centro de la habitación había desaparecido y el misterio finalmente había sido resuelto al parecer.

Si perder tiempo, el equipo salió de la estructura, exhausto pero aliviado de haber sobrevivido a ese enfrentamiento que en sus propias palabras no sabían que había sido, y es que para algunos aquello parecía producto de un sueño. Se dirigieron de vuelta a su nave, listos para dejar atrás el planeta rocoso UB65 y sus oscuros secretos, y no volver jamás, no vaya a ser que de nuevo apareciera esa cosa.

Capítulo 9

De regreso en su nave, el equipo se tomó un momento para descansar y reflexionar sobre lo que habían experimentado en el planeta rocoso UB65. Todos estaban de acuerdo en que había sido una de las misiones más peligrosas y emocionantes que habían realizado.

Después de revisar los datos y la evidencia recolectada, pudieron resolver el misterio detrás de la estructura subterránea y la criatura aterradora. Descubrieron que la estructura había sido construida por una antigua civilización extraterrestre que había desaparecido hace miles de años. La criatura era un resultado de un experimento fallido de esa civilización, una creación genética que se había vuelto incontrolable y peligrosa. El objeto masivo en el centro de la habitación era una fuente de energía extremadamente poderosa, que había sido la causa de la explosión que eliminó posiblemente a la criatura.

Con el misterio resuelto, el equipo se preparó para regresar a casa y presentar sus hallazgos a la compañía. Sabían que esta misión sería recordada por mucho tiempo, y estaban orgullosos de haber sido parte de ella.

Al aterrizar en la Tierra, el equipo fue recibido con aplausos y felicitaciones. Su éxito en la misión les había asegurado un lugar en la historia de la exploración espacial.

Capítulo 10

El equipo de la misión del planeta rocoso UB65 se dispersó en diferentes direcciones después de la exitosa expedición. Algunos se retiraron, mientras que otros se unieron a nuevas misiones de exploración espacial. Sin embargo, todos ellos siempre llevarían consigo la experiencia que compartieron en ese planeta rocoso, y el misterio que resolvieron juntos. La exploración espacial nunca sería lo mismo para ellos después de esa misión, y todos se sintieron más unidos como equipo y como amigos.

El planeta rocoso UB65 se convirtió en una leyenda entre los exploradores espaciales, y la historia de la antigua civilización extraterrestre y la criatura aterradora.

Años después, los viajeros espaciales que pasaron cerca del planeta rocoso UB65 alegaron haber visto extrañas luces brillantes y escuchado gritos aterradores que parecían venir de su superficie. Aunque nadie pudo confirmar estas afirmaciones, muchos creían aun que bajo aquel maldito planeta aún se encontraba algo siniestro. Y justamente a causa de eso, al menos ninguna tripulación gubernamental ni de empresas establecidas se volvieron atrever a ir a ese planeta. No obstante, hay historias entre los viajeros que piratas espaciales se han atrevido a bajar, y sepa si han podido regresar de nuevo.

El asesino del pueblo Safara

La leyenda del asesino de Safara

En el pequeño pueblo de Safara, ubicado en las montañas, había una leyenda sobre un asesino que acechaba a sus víctimas durante la noche. Se decía que el asesino solo aparecía en las noches de luna llena, cuando la niebla cubría el pueblo y las luces se apagaban.

Los habitantes del pueblo contaban historias de terror sobre el asesino, que según ellos, tenía una mirada fría y cruel. Las historias hablaban sobre cómo el asesino atacaba a sus víctimas sin previo aviso, y que no importaba cuán fuertes eran, no podían hacer nada para detenerlo.

La leyenda había sido transmitida de generación en generación, y aunque nunca se habían encontrado pruebas concretas de la existencia del asesino, nadie se atrevía a salir a la calle durante las noches de luna llena.

Un día, el cuerpo sin vida de una joven fue encontrado en el bosque que rodeaba el pueblo. Los habitantes de Safara se llenaron de temor y pánico, ya que este había sido el primer asesinato en décadas. La gente empezó a sospechar que el asesino de la leyenda había regresado, y que el pueblo no estaba a salvo. Los rumores se extendieron por el pueblo como un reguero de pólvora, y la gente empezó a cerrar sus puertas con llave por la noche. El miedo y la paranoia se apoderaron del pueblo, y todos se preguntaban quién podría ser el asesino y cuál sería su próximo objetivo.

La policía llegó al pueblo para investigar el caso, pero no encontraron ninguna pista sobre el asesino. La leyenda había cobrado vida, y Safara se sumió en la oscuridad del miedo y la incertidumbre de nuevo.

El extraño visitante en la ciudad

La llegada del detective al pueblo de Safara trajo un soplo de aire fresco a la investigación del asesinato. Era un hombre de aspecto severo, con una expresión dura y una habilidad para detectar las mentiras. Había investigado muchos casos similares al de Safara, y su reputación lo precedía.

El detective se presentó en la comisaría del pueblo, y la gente se dio cuenta de que era un hombre diferente a los que habían visto antes. Sus ojos eran profundos y oscuros, y parecía que podía ver a través de las paredes. Los habitantes de Safara se sintieron incómodos ante su presencia, pero agradecían su ayuda para resolver el caso.

El detective comenzó a hacer preguntas a la gente del pueblo, tratando de encontrar pistas sobre el asesino. Pero parecía que nadie sabía nada. Había muchos rumores y leyendas sobre el asesino, pero nada concreto que pudiera ayudar en la investigación.

Sin embargo, el detective notó algo extraño en el pueblo. Había un hombre que siempre se mantenía en la sombra, observando desde lejos. El detective decidió seguir al hombre, y descubrió que era un extraño visitante en la ciudad. El hombre había llegado al pueblo poco antes del primer asesinato, y no parecía tener ninguna razón para estar allí. No tenía familia ni amigos en Safara, y se hospedaba en un motel barato en la periferia del pueblo.

El detective comenzó a investigar al extraño visitante, y descubrió que su pasado era turbio. Había estado involucrado en varios casos de asesinatos en otros lugares, pero nunca había sido atrapado por la policía. El detective se dio cuenta de que este hombre podría ser el asesino que estaba buscando.

Sin embargo, no había suficientes pruebas para arrestar al extraño visitante, y el detective decidió seguirlo discretamente para obtener más información. Sabía que tenía que ser cauteloso, ya que si el extraño visitante se daba cuenta de que lo estaban siguiendo, podría desaparecer para siempre.

Así comenzó una tensa persecución en la que el detective trataba de descubrir la verdad sobre el extraño visitante, mientras este seguía caminando por el pueblo.

El primer avistamiento del asesino

La tensión en el pueblo de Safara seguía creciendo a medida que el número de víctimas seguía aumentando. A pesar de los esfuerzos del detective para encontrar al asesino, parecía que este siempre estaba un paso por delante.

Un día, Ana, una joven estudiante que solía caminar por las calles del pueblo de camino a la universidad, decidió dar un paseo por la plaza principal después de su clase. Era un día soleado y la plaza estaba llena de gente, pero Ana se sintió incómoda al darse cuenta de que la mayoría de la gente evitaba mirar a los ojos a los demás.

Mientras caminaba, Ana notó un hombre con capucha que parecía seguirla desde la distancia. Al principio pensó que era su imaginación, pero después de unos minutos de caminar, el hombre seguía allí, manteniéndose en la sombra y observándola. Ana trató de ignorarlo y siguió caminando, pero comenzó a sentirse cada vez más nerviosa. Cuando llegó a la esquina, vio al hombre con capucha salir de la sombra y caminar hacia ella. Ana comenzó a caminar más rápido, pero el hombre la alcanzó y le agarró el brazo.

Ana gritó, pero el hombre le tapó la boca y le susurró al oído: "No grites, solo ven conmigo". Ana intentó zafarse, pero el hombre era fuerte y la arrastró por un callejón oscuro y abandonado. Cuando llegaron al final del callejón, el hombre soltó a Ana y la empujó contra la pared. Ana se asustó aún más cuando el hombre le sacó un cuchillo y comenzó a acercárselo a la garganta.

De repente, Ana escuchó una voz detrás de ella. "¡Alto, manos arriba!", gritó el detective mientras apuntaba al asesino con su pistola. El hombre con capucha soltó a Ana y comenzó a correr, pero el detective logró capturarlo después de una breve persecución.

Ana se desmayó en el suelo, y cuando se despertó estaba en una ambulancia siendo atendida por los paramédicos. El detective le dijo que el hombre que la había atacado era el asesino que había estado matando gente en Safara. Ana nunca olvidaría ese día, y el pueblo de Safara nunca volvería a ser el mismo después de ese primer avistamiento del asesino.

El asesinato en el cementerio

El pueblo de Safara se encontraba en shock tras el descubrimiento del primer asesinato. El detective encargado del caso estaba trabajando sin descanso para encontrar al asesino, pero parecía que este siempre estaba un paso adelante.

Una noche, un grupo de jóvenes se aventuró en el cementerio del pueblo en busca de emociones fuertes. Se dirigieron hacia la tumba más antigua del lugar, donde se decía que había sido enterrado un famoso criminal del pasado.

Mientras exploraban el cementerio, escucharon un ruido extraño y se dieron cuenta de que alguien los estaba siguiendo. A pesar de que intentaron escapar, el asesino los alcanzó rápidamente. Los jóvenes intentaron luchar contra él, pero el asesino era fuerte y hábil. Uno por uno, los jóvenes fueron asesinados con un cuchillo afilado, y sus gritos de terror resonaron por todo el cementerio. La única que logró escapar fue una chica llamada Laura, quien logró esconderse detrás de una lápida antes de que el asesino la encontrara.

Después de esperar durante horas en silencio, Laura finalmente decidió salir de su escondite y correr hacia la salida del cementerio. Cuando llegó a la calle, se encontró con el detective, quien estaba llegando al lugar después de recibir una llamada anónima. Laura le contó al detective lo que había sucedido, y juntos entraron al cementerio en busca del asesino. Finalmente, encontraron al asesino escondido detrás de un árbol, con la ropa ensangrentada y el cuchillo en la mano.

El detective intentó detener al asesino, pero este intentó huir. Después de una intensa persecución por el cementerio, el detective logró acorralarlo. Al ser interrogado, el asesino dijo que había asesinado a los jóvenes porque se habían metido en su territorio, y que estaba dispuesto a hacer cualquier cosa para protegerlo, tras un engaño inteligente al tirar el cuchillo a un lado se aventó hacia un barranco y logro escapar. La noticia del asesinato en el cementerio sacudió al pueblo de Safara, y la gente comenzó a temer por sus vidas. El detective sabía que tenía que encontrar al asesino antes de que siguiera haciendo más daño, pero sabía que eso no sería fácil.

La escalada de violencia del asesino

Después del asesinato en el cementerio, el pueblo de Safara estaba en alerta máxima. La gente tenía miedo de salir a la calle, y muchos negocios cerraron temprano por la noche. La escalada de violencia del asesino estaba en aumento, y cada vez era más brutal en sus ataques. El detective estaba trabajando sin descanso en el caso, pero parecía que el asesino estaba un paso adelante en todo momento. Cada vez que se acercaban a su captura, el asesino lograba escapar.

Una noche, una pareja de ancianos que regresaba de la iglesia fue atacada por el asesino en una calle oscura. El hombre fue apuñalado varias veces y la mujer fue brutalmente golpeada. Milagrosamente, la mujer logró sobrevivir y fue llevada de inmediato al hospital. El detective sabía que tenía que hacer algo para detener al asesino antes de que hubiera más víctimas. Decidió organizar una redada en todo el pueblo, para ver si podían encontrar alguna pista sobre el paradero de este maldito sujeto. Durante la redada, encontraron un diario en la casa del asesino, en el que se describían detalladamente todos sus crímenes. También encontraron recortes de periódicos antiguos, que hablaban de otros asesinatos similares en pueblos cercanos.

El detective se dio cuenta de que el asesino no era un desconocido en el área, sino que había estado operando durante años, sin ser detectado. También descubrieron que el homicida tenía un cómplice en el pueblo, quien lo ayudaba en la planificación de los ataques. Con la nueva información en mano, el detective logró localizar al cómplice del asesino y lo llevó a la comisaría para interrogarlo. Después de una intensa sesión de interrogatorio, el cómplice finalmente confesó que el asesino tenía un escondite en el bosque, donde guardaba todas sus herramientas y objetos personales.

El detective organizó un equipo de búsqueda para encontrar el escondite del asesino en el bosque, y finalmente lograron encontrarlo. Dentro del escondite, encontraron el cuchillo usado en los ataques, así como otros objetos personales del culpable.

La trampa del asesino

Después de encontrar el escondite del asesino, el detective y su equipo estaban seguros de que habían capturado al responsable de los brutales asesinatos que habían aterrorizado a Safara durante meses. No podía estar equivocada la evidencia.

Pero cuando el juicio estaba a punto de comenzar, el detective recibió una llamada anónima que le indicaba que había una pieza importante que estaba faltando en el caso. La llamada había sido breve, pero la voz sonaba perturbadora y la conexión se cortó antes de que el detective pudiera hacer cualquier pregunta. Intrigado, el detective decidió investigar más a fondo y se reunió con un periodista local que había estado cubriendo el caso desde el principio. Juntos, encontraron algunas pistas nuevas y decidieron crear una trampa para atraer al asesino.

La trampa parecía funcionar, ya que poco después recibieron una llamada del asesino, quien se presentó como el verdadero asesino detrás de los crímenes de Safara. El detective y el periodista lo citaron en un lugar público, bajo la apariencia de una entrevista en exclusiva para el periódico local. El asesino llegó al lugar acordado, pero cuando se encontró con el detective y el periodista, algo pareció no encajar. El asesino parecía estar más tranquilo y seguro de sí mismo de lo que el detective y el periodista esperaban.

De repente, el asesino se reveló y los acusó de haberlo engañado. La llamada anónima y las pistas eran todo parte de su plan para que el detective y el periodista cayeran en su trampa. El asesino había dejado una señal en el escondite para indicar que había una pieza faltante en el caso, sabiendo que el detective investigaría y crearía una trampa para él. El asesino, ahora con el detective y el periodista atrapados en su poder, reveló que no era el único asesino en el pueblo. Había un grupo secreto de personas en Safara que compartían su amor por la violencia y el asesinato, y que habían planeado todo desde el principio.

El detective y el periodista se dieron cuenta de que habían caído en la trampa del asesino, y que su vida estaba en peligro. Pero antes de que pudieran reaccionar, fueron sorprendidos por el grupo secreto, quienes los tomaron como rehenes y los llevaron a un lugar desconocido.

El asesino y el grupo secreto parecían tener planes más grandes y oscuros para el pueblo de Safara, y el detective y el periodista estaban atrapados en el medio de todo.

La verdad detrás del asesino de Safara

El detective y el periodista estaban atrapados en manos del grupo secreto de Safara, quienes parecían tener planes más grandes y oscuros para el pueblo. Después de varios días de cautiverio, el detective y el periodista lograron escapar de sus captores y se dirigieron a la estación de policía para informar a las autoridades. Después de un interrogatorio exhaustivo, el detective y el periodista fueron liberados y el grupo secreto fue detenido. Pero mientras el detective y su equipo se enfocaban en el grupo secreto, la voz misteriosa que había llamado antes seguía resonando en su cabeza. ¿Quién era esa persona y cuál era su papel en todo esto?

Decidido a encontrar respuestas, el detective volvió a investigar el caso desde el principio. Finalmente, después de mucho esfuerzo, logró encontrar la clave para resolver el misterio detrás del asesino de Safara.

La verdad detrás del asesino era mucho más compleja de lo que se había pensado en un principio. El verdadero asesino detrás de los crímenes era alguien que nadie había sospechado, y había estado manipulando todo desde las sombras. El asesino en serie que había aterrorizado a Safara era en realidad el hijo del alcalde del pueblo, quien había estado obsesionado con el asesinato desde que era niño. Él había estado trabajando junto con el grupo secreto para orquestar los asesinatos en Safara, y había logrado mantener su identidad en secreto todo este tiempo.

El detective estaba conmocionado por la revelación, pero se sintió aliviado de finalmente haber resuelto el caso. Sin embargo, el verdadero desafío aún estaba por venir. ¿Cómo podría el detective hacer que el hijo del alcalde fuera juzgado por sus crímenes sin destruir el prestigio y la reputación de la familia del alcalde? ¿Cómo podría el detective asegurarse de que Safara nunca volvería a enfrentar una crisis como esta? Las preguntas seguían girando en su mente mientras el detective y su equipo se preparaban para dar el siguiente paso en su investigación. La verdad detrás del asesino era más compleja de lo que se había imaginado, pero la resolución del caso estaba ahora en sus manos.

La caza del asesino

Con la verdad detrás del asesino de Safara al descubierto, el detective y su equipo se prepararon para la caza final del asesino. Sabían que el hijo del alcalde se había vuelto cada vez más peligroso y desesperado, y que necesitaban atraparlo antes de que pudiera cometer más asesinatos. Después de investigar exhaustivamente y seguir pistas, el equipo finalmente encontró la ubicación del maldito. Estaba escondido en una casa abandonada en las afueras del pueblo, rodeado de trampas y medidas de seguridad.

El equipo del detective estaba nervioso mientras se acercaban a la casa abandonada. Sabían que estaban a punto de enfrentar a un asesino en serie peligroso y desequilibrado de 30 años. Después de asegurarse de que estaban bien equipados y listos para cualquier situación, irrumpieron en la casa.

La casa estaba oscura y lúgubre, y el equipo del detective avanzó con precaución, despejando cada habitación. Finalmente, encontraron al asesino escondido en un rincón oscuro, con una mirada de locura en sus ojos.

El asesino intentó resistirse, pero finalmente fue capturado y llevado ante la justicia a base de golpes. Fue juzgado y sentenciado a cadena perpetua por sus crímenes. El pueblo de Safara finalmente podía respirar con tranquilidad, sabiendo que el peligro había sido eliminado.

Pero para el detective, había un sentimiento de incompletitud. Había pasado mucho tiempo investigando el caso del asesino de Safara, y había enfrentado muchos desafíos en el camino. Ahora que todo había terminado, ¿qué vendría a continuación? ¿Cuál sería su próximo caso? El detective sabía que nunca podría dejar de perseguir la verdad, y estaba ansioso por enfrentar cualquier desafío que pudiera esperar en el futuro.

El regreso del asesino

El detective había pensado que el caso del asesino de Safara estaba cerrado, pero se equivocaba. Meses después, una lluviosa noche, recibió una llamada en la que se informaba de un nuevo asesinato en la ciudad. Cuando llegó a la escena del crimen, el detective se dio cuenta de que las pistas apuntaban al asesino de Safara, algo increíble. Parecía que el asesino había regresado y estaba matando de nuevo. El detective no podía creer lo que estaba sucediendo, había capturado al asesino y lo había encerrado en prisión, ¿cómo podía haber escapado?

El detective se dio cuenta de que había algo más grande en juego, algo que había pasado desapercibido. Recordó la obsesión del asesino con el número siete y se dio cuenta de que había una última víctima que no se había contado. Una víctima que sería la séptima.

El detective trabajó sin descanso para encontrar a la séptima víctima antes de que fuera demasiado tarde. Buscó pistas en todas partes y finalmente llegó a la conclusión de que la última víctima sería el juez que había condenado al asesino de Safara. Cuando el detective llegó a la casa del juez, encontró la escena más aterradora que jamás había visto. El asesino había llegado antes y había matado al juez y a su familia de una manera espantosa, y cuando digo espantosa era espantosa. El detective se dio cuenta de que el asesino no solo había escapado de la cárcel, sino que había estado planeando su venganza todo este tiempo.

El detective sabía que no había tiempo que perder. Comenzó a trabajar para encontrar al asesino de nuevo, sabiendo que el número de víctimas solo aumentaría si no lo detenía pronto. Pero a pesar de todos sus esfuerzos, el asesino se mantuvo escurridizo.

Y lo peor de todo, que pasaron los años y..., El detective nunca volvió a encontrar al asesino, y los habitantes de Safara vivieron aterrorizados por años, siempre mirando por encima de su hombro, nunca seguros de cuándo el homicida regresaría para matar de nuevo. El caso del asesino de Safara nunca fue resuelto, y la posibilidad de que el asesino regresara siempre estuvo presente, dejando a la ciudad en un estado constante de miedo y paranoia.

El misterio del libro de los signos malditos

El descubrimiento del libro

La historia comienza con un grupo de arqueólogos que están realizando excavaciones en una antigua tumba en el medio del desierto. En su búsqueda, encuentran un libro antiguo y polvoriento en una habitación secreta detrás de una pared de piedra tallada. El libro no tiene título en la cubierta, solo una extraña inscripción en una lengua desconocida.

Uno de los arqueólogos, el Dr. Eduardo Torres, se siente intrigado por el libro y decide llevarlo consigo para analizarlo con más detalle. Mientras tanto, el resto del equipo sigue investigando la tumba.

No obstante, durante la noche, el Dr. Torres comienza a tener una extraña sensación de inquietud. Al abrir el libro, se da cuenta de que está lleno de signos extraños y ominosos que no puede entender. A medida que sigue hojeando el libro, comienza a sentirse cada vez más incómodo y perturbado. De repente, un fuerte viento comienza a soplar afuera, haciendo que las puertas y ventanas de la habitación se sacudan violentamente. El Dr. Torres consternado se da cuenta de que los signos en el libro parecen cobrar vida, y siente que algo oscuro y malvado lo está observando desde algún ángulo desde afuera.

Asustado, cierra el libro y trata de dormir, pero no puede quitarse de la cabeza la sensación de que algo terrible se acerca. Al amanecer, el equipo de arqueólogos encuentra al Dr. Torres muerto en su habitación, con una expresión de terror congelada en su rostro, además de su rostro algo cadavérico. El libro está abierto en su regazo, con los signos oscuros resplandeciendo en la luz del sol que entra por la ventana.

Y justamente desde momento, todo el grupo de arqueólogos comienza a experimentar extraños sucesos que parecen estar relacionados con ese misterioso libro. Comienzan a darse cuenta de que han encontrado algo mucho más peligroso de lo que imaginaban, y que quizás, su vida penda de un hilo.

Capítulo 2

Después de la muerte misteriosa del Dr. Torres, el equipo de arqueólogos decide investigar más sobre el libro. Pronto descubren que los signos en su interior parecen estar relacionados con la aparición de una serie de eventos funestos.

Al principio, los signos son muy sutiles, como un simple frío en el ambiente, una extraña sombra que se mueve en el rincón de la habitación o una extraña sensación de ser observados. Pero, a medida que pasa el tiempo, los signos comienzan a ser más evidentes y preocupantes. Los miembros del equipo comienzan a tener inquietudes recurrentes con figuras sombrías y desconocidas que los acechan. Algunos de ellos empiezan a experimentar un intenso dolor de cabeza, náuseas y vómitos inexplicables. También se dan cuenta de que los animales en los alrededores parecen haberse vuelto inquietos e inusualmente agresivos.

Además, los signos en el libro parecen estar cobrando vida propia, cambiando de posición de forma inexplicable, y emitir una extraña aura oscura que perturba a los arqueólogos que lo contemplan. Incluso parecen escuchar una voz susurrante en su mente, susurrando en una lengua desconocida y siniestra que no los deja en paz.

Los miembros empiezan a sentir que algo oscuro y malvado los está acechando, y se dan cuenta de que deben encontrar una manera de detener los signos antes de que sea demasiado tarde. Pero, ¿cómo pueden luchar contra algo que no pueden ver ni comprender completamente?

La tensión y el miedo en el equipo aumentan a medida que los signos ominosos se intensifican, y saben que están en una carrera contra el tiempo para desentrañar el misterio del libro de los signos malditos y protegerse de las fuerzas oscuras que parece haber desatado.

Capítulo 3

Los miembros del equipo de arqueólogos continúan investigando el libro de los signos malditos, pero los signos siniestros se vuelven cada vez más intensos. Además de los sueños perturbadores y los dolores de cabeza, comienzan a notar un extraño comportamiento en los animales que viven en los alrededores del lugar, ya que desde pájaros hasta perros han estado atacando a muerte algunos oriundos del lugar, y por tal razón la gente no suele salir por la tarde a las afueras del bosque.

Los pájaros parecen estar agitados y vuelan en círculos sin sentido aparente, mientras que los perros y gatos locales se muestran más agresivos y nerviosos de lo normal. Incluso las vacas y caballos del campo parecen estar inquietos y reacios a salir de sus establos.

La situación se vuelve aún más extraña cuando comienzan a notar que los animales parecen estar siguiendo patrones extraños y poco naturales. Las aves vuelan en formaciones extrañas y parecen seguir un patrón específico en el cielo, mientras que los animales terrestres caminan en línea recta sin desviarse, como si estuvieran siguiendo una especie de ruta invisible.

Los arqueólogos empiezan a sospechar que los signos en el libro pueden estar afectando a la vida animal en los alrededores. Sin embargo, no están seguros de cómo detener los efectos del libro y proteger a los animales y a ellos mismos. Mientras tanto, los signos en el libro parecen estar creciendo en complejidad y en cantidad. Los arqueólogos se dan cuenta de que están en una carrera contra el tiempo para desentrañar el misterio del libro antes de que sea demasiado tarde.

Capítulo 4

Después de una larga noche de insomnio, uno de los arqueólogos se despierta con una sensación de angustia y malestar en el estómago y un poco de diarrea. Al principio, cree que es simplemente el estrés y la tensión acumulada de la investigación del libro, pero pronto se da cuenta de que hay algo más. Cada vez que cierra los ojos, se encuentra en medio de una pesadilla recurrente que lo aterroriza. En la pesadilla, se encuentra en una especie de laberinto oscuro y sin fin, donde las paredes parecen estar hechas de signos del libro de los signos malditos, y al fondo aparece un ser macabro y sin rostro.

A medida que avanza por el laberinto, los signos comienzan a moverse y cambiar, y pronto se da cuenta de que está siendo perseguido por algo que no puede ver. Siente el aliento caliente en su cuello y escucha los pasos pesados detrás de él. Cada vez que despierta, siente la presencia oscura y amenazante de la pesadilla a su alrededor. No puede escapar de ella, y se siente cada vez más atrapado en el laberinto de signos, y ahí la explicación del miedo y de cómo su cuerpo produce excremento liquido en forma de chorrillo en la realidad, y eh ahí el motivo de porque lo encontraron cagado.

El resto del equipo comienza a notar su extraño comportamiento y su falta de sueño. Comienzan a preocuparse por él y por la influencia del libro de los signos malditos en su salud mental. Pero cuando intentan confrontarlo sobre su pesadilla recurrente, se dan cuenta de que todos ellos han estado teniendo pesadillas perturbadoras y extrañas relacionadas con el libro.

Los arqueólogos ya están completamente seguros, que el libro de los signos malditos está afectando no solo a los animales y la naturaleza, sino también a sus mentes y sueños. El libro parece estar conectado a una especie de fuerza oscura y sobrenatural que está tomando el control de sus vidas y de todo.

Capítulo 5

Después de días de estudiar el libro de los signos malditos, uno de los arqueólogos desaparece sin dejar rastro. Los demás miembros del equipo se dan cuenta de su ausencia cuando regresan a la carpa principal después de un día de trabajo arduo en el sitio de excavación.

Preocupados y confundidos, comienzan a buscarlo en los alrededores, pero no encuentran ninguna pista de su paradero. Las únicas cosas que encuentran son algunas hojas sueltas del libro de los signos malditos cerca de su tienda. Pronto, las pesadillas recurrentes que habían experimentado antes vuelven con más intensidad ahora, y comienzan a tener alucinaciones y visiones extrañas. Parece que el libro está ejerciendo una influencia aún mayor sobre sus mentes.

A medida que la situación empeora, los arqueólogos se dan cuenta de que algo siniestro está sucediendo. La desaparición de su compañero y las extrañas visiones que experimentan parecen estar relacionadas con el libro de los signos malditos. Con miedo a ser los siguientes en desaparecer, los arqueólogos deciden abandonar el sitio de excavación y regresar a la ciudad para informar a las autoridades. Sin embargo, pronto se dan cuenta que no pueden escapar tan fácilmente de la influencia del libro.

Mientras se dirigen hacia la ciudad, comienzan a sentir que alguien los está persiguiendo. Escuchan los sonidos de pasos detrás de ellos y sienten la presencia oscura y amenazante que los ha perseguido desde el principio. Entonces de pronto, uno de los arqueólogos desaparece en medio de la noche, sin dejar rastro. Los demás se dan cuenta de que no están seguros de quién o qué está detrás de sus desapariciones y visiones. Con el miedo y la paranoia creciendo cada vez más, los arqueólogos se preguntan si lograrán sobrevivir a la maldición del libro de los signos malditos o si también desaparecerán sin dejar rastro.

Capítulo 6

Después de la desaparición de otro de sus compañeros, los arqueólogos están más asustados y confundidos que nunca, y muchos están defecados. Deciden buscar refugio en una pequeña aldea cercana al sitio de excavación, en busca de ayuda y protección.

Allí, se encuentran con un anciano misterioso que parece saber mucho sobre la maldición del libro de los signos malditos. El anciano les advierte que están en grave peligro y les dice que el libro es un objeto malvado que nunca debió haber sido encontrado. El anciano les cuenta la leyenda de una antigua tribu que había escondido el libro en una tumba secreta para proteger al mundo de su malvada influencia. Sin embargo, con el tiempo, el libro fue descubierto por arqueólogos ansiosos por encontrar tesoros perdidos y ahora, la maldición ha sido liberada.

El anciano también les dice que la única forma de romper la maldición es devolver el libro a su lugar de descanso final en la tumba secreta de la tribu. Sin embargo, esto es más fácil decirlo que hacerlo, ya que la ubicación exacta de la tumba es desconocida. A pesar de las advertencias del anciano, los arqueólogos deciden continuar con la búsqueda del libro, en un esfuerzo por desentrañar el misterio detrás de la maldición.

Pero a medida que se adentran en las profundidades del sitio de excavación, comienzan a darse cuenta de que la maldición es real y que están en peligro constante. Las pesadillas y visiones extrañas se intensifican, y cada vez es más difícil distinguir la realidad de la fantasía.

Mientras tanto, el anciano misterioso sigue apareciendo en los sueños de los arqueólogos, recordándoles la importancia de devolver el libro a su lugar de descanso final antes de que sea demasiado tarde.

Capítulo 7

Después de las intensas pesadillas y encuentros con el anciano misterioso, los arqueólogos deciden buscar más información sobre la tribu y el libro en una biblioteca cercana. Allí, encuentran libros antiguos y polvorientos que parecen tener información sobre la tribu y su cultura. Después de horas de búsqueda, encuentran un manuscrito antiguo que describe la tumba secreta de la tribu. En el manuscrito, se detalla que la tumba está ubicada en una cueva en las montañas, rodeada de un lago de aguas cristalinas. También se mencionan los rituales necesarios para romper la maldición del libro de los signos malditos.

Los arqueólogos toman nota de toda la información y deciden partir hacia las montañas para encontrar la cueva y la tumba secreta de la tribu. Sin embargo, el viaje no es fácil. Las montañas son traicioneras y el clima es impredecible. Además, la maldición del libro parece haberlos seguido, ya que experimentan visiones extrañas y presencias malignas a lo largo del camino. Finalmente, luego de un largo camino de más de 8 horas, llegan a la cueva y descubren el lago de aguas cristalinas descrito en el manuscrito. Pero también descubren que no están solos. Un grupo de personas misteriosas está allí, y parecen estar buscando el libro de los signos malditos también. Los arqueólogos se dan cuenta de que deben actuar rápido si quieren evitar que el libro caiga en manos equivocadas.

Deciden utilizar los rituales descritos en el manuscrito para romper la maldición del libro y devolverlo a su lugar de descanso final en la tumba secreta de la tribu. Pero mientras realizan los rituales, se dan cuenta de que las personas misteriosas también los están observando y pueden intentar detenerlos.

Capítulo 8

Después de haber encontrado la cueva y el lago de aguas cristalinas, los arqueólogos deciden realizar el ritual descrito en el manuscrito antiguo para romper la maldición del libro de los signos malditos. Pero antes de comenzar, deciden hacer una pausa para descansar y prepararse. Saben que el ritual es peligroso y deben estar listos para enfrentar cualquier cosa que pueda ocurrir.

Mientras descansan, uno de los arqueólogos comienza a tener una extraña sensación de que algo está mal. Siente que están siendo observados y que algo oscuro está acechando en las sombras. Sin embargo, los demás piensan que es solo su imaginación y deciden continuar. Comienzan a preparar el ritual, que implica la quema de ciertas hierbas y la recitación de antiguas palabras de poder. Pero a medida que avanzan, comienzan a notar cambios en su entorno. Las sombras se alargan, el viento se vuelve frío y el agua del lago comienza a agitarse violentamente. El aire se llena con un olor desagradable y una sensación de peligro se cierne sobre ellos. De repente, las hierbas comienzan a arder con un fuego extraño y oscuro, y las palabras de poder que recitan parecen resonar en el aire de una manera siniestra.

Es entonces cuando comienzan a ver las formas oscuras moviéndose en las sombras. Son figuras humanoides con ojos brillantes y rasgos retorcidos, y comienzan a acercarse a los arqueólogos lentamente. Los arqueólogos intentan continuar con el ritual, pero las figuras oscuras los rodean y comienzan a arrastrarlos hacia las sombras. Es entonces cuando uno de los arqueólogos se da cuenta de que se ha equivocado en la recitación de las palabras de poder y ha invocado a algo que no debería haber sido llamado.

La tensión alcanza su punto máximo mientras los arqueólogos luchan por su vida y tratan de deshacer el ritual que han comenzado. Pero ya es demasiado tarde, la criatura oscura ha sido invocada y parece estar ansiosa por vengarse de aquellos que la han despertado.

Capítulo 9

Después del fallido ritual de invocación, los arqueólogos regresan a su campamento con una sensación de fracaso y miedo en sus corazones. Saben que han liberado algo oscuro y peligroso, y que no están seguros de cómo controlarlo. Pero al menos regresaron con vida se dicen como forma de consolación.

Pero a medida que pasan los días, los signos ominosos se vuelven más frecuentes. Los animales del bosque continúan mostrando un extraño comportamiento, y los arqueólogos comienzan a tener pesadillas recurrentes sobre las figuras oscuras que los rodearon en el lago. Además, las marcas extrañas del libro de los signos malditos aparecen por todas partes. En los árboles, en las rocas, incluso en la piel de los arqueólogos. Las marcas parecen quemar y doler, y cada vez que aparecen, la sensación de peligro se intensifica.

Los arqueólogos comienzan de nuevo a investigar más sobre el libro y su historia. Descubren que fue creado hace siglos por una secta oscura que adoraba a una criatura antigua y poderosa, y que utilizaban el libro para invocarla y hacer su voluntad. Pero la secta finalmente fue destruida por las fuerzas del bien, y el libro se perdió a lo largo del tiempo, obviamente, hasta ahora.

Los arqueólogos comienzan a notar de que el libro de los signos malditos es mucho más peligroso de lo que pensaron inicialmente. No es solo un libro antiguo maldito, sino un instrumento de poder oscuro que ha sido liberado de su prisión. Los arqueólogos intentan destruir el libro en el fuego, pero descubren que es imposible. El libro parece estar vivo, y cada vez que intentan quemarlo o destruirlo, las marcas de los signos malditos aparecen en su lugar.

La tensión en el campamento aumenta a medida que los arqueólogos se dan cuenta de que están atrapados en una situación que no pueden controlar, algunos lloran de miedo otros literalmente se cagan. La criatura que han invocado parece estar más cerca cada día, y no saben cómo detenerla.

Capítulo 10

Los arqueólogos están desesperados. No saben cómo detener la criatura que han liberado, y los signos malditos se vuelven más frecuentes y poderosos cada día.

Es entonces cuando uno de los arqueólogos, un hombre joven y ambicioso, tiene una idea terrible. Sabe que la criatura que han invocado requiere un sacrificio humano para mantenerse contenta y no destruir todo a su paso. Si pueden ofrecerle un sacrificio, tal vez puedan controlarla y evitar una catástrofe.

No obstante, los otros arqueólogos se niegan a considerar la idea, pero el joven sigue adelante con su plan. Con la ayuda de algunos lugareños, encuentra a una víctima adecuada: un mendigo que vive en el bosque. El joven con tácticas de engaño, lleva al mendigo al lugar del lago, una vez allá lo atan por la fuerza, y comienza a realizar un ritual de sacrificio. Pero las cosas salen terriblemente mal. La criatura parece estar fuera de control y no está satisfecha con el sacrificio. En cambio, comienza a atacar a los arqueólogos y los lugareños, causando un caos y destrucción inimaginables.

Los arqueólogos intentan huir, pero la criatura parece estar en todas partes. Y a medida que avanzan por el bosque, se dan cuenta que quizás esta vez no habrá escapatoria.

Capítulo 11

Los arqueólogos han sido perseguidos por la criatura desde que escaparon del lugar del sacrificio. Están agotados y heridos, y cada vez les resulta más difícil mantenerse unidos.

En un momento de descanso, deciden que es mejor intentar dividirse en grupos más pequeños para tratar de escapar de la criatura. Pero la criatura parece saber exactamente dónde están en todo momento, y cada grupo es perseguido y atacado por formas diabólicas.

Uno de los arqueólogos, una mujer llamada Laura, tiene una idea. Recuerda que cuando estaban investigando en la biblioteca, encontró información sobre un hechizo de protección que podría ser su única esperanza de sobrevivir. Si pudieran encontrar los ingredientes necesarios para el hechizo, tal vez podrían hacerlo funcionar.

El problema es que los ingredientes son raros y peligrosos de obtener. Incluyen sangre de un animal mítico y raíces de una planta venenosa que solo crece en las profundidades del bosque. Sin embargo, deciden que no tienen otra opción. Dividen su grupo en dos, con la esperanza de que al menos uno de los grupos pueda obtener los ingredientes necesarios y hacer el hechizo, y escapar.

Pero ambos grupos son perseguidos por la criatura, y el tiempo se está acabando. En un momento desesperado, uno de los grupos decide intentar distraer a la criatura para que el otro grupo pueda obtener los ingredientes. Pero el plan falla, y la criatura ataca al grupo que intentaba distraerla. Los arqueólogos son incapaces de escapar y la criatura parece haber ganado.

Capítulo 12

Después del ataque de la criatura, el grupo restante de arqueólogos logra obtener los ingredientes necesarios para el hechizo de protección. Con la esperanza renovada, regresan al lugar donde encontraron el libro de los signos malditos. Allí, llevan a cabo el ritual de protección, pero mientras lo hacen, uno de los arqueólogos se da cuenta de algo extraño. A medida que el hechizo se va completando, el libro de los signos malditos comienza a brillar con una extraña luz.

De repente, el libro se abre por sí solo y una voz profunda y siniestra comienza a hablar. La voz les revela que el verdadero propósito del libro no es maldecir a quienes lo leen, sino convocar a una criatura antigua y poderosa que puede conceder cualquier deseo que se le pida. Los arqueólogos se quedan sin aliento ante esta revelación. Todo este tiempo habían estado tratando de detener una maldición que en realidad era un medio para invocar una criatura de gran poder.

Pero ahora es demasiado tarde para dar marcha atrás. La criatura ya ha sido convocada y no está dispuesta a dejar que los arqueólogos escapen. Con su poder creciendo cada vez más, la criatura comienza a tomar forma en el mundo real. Los arqueólogos se dan cuenta de que su única opción es hacer un último intento para detener a la criatura antes de que sea demasiado tarde. Pero incluso si logran vencerla, ¿cómo podrán deshacer lo que han desatado? ¿Y cuáles son las consecuencias de convocar una criatura tan poderosa?

Capítulo 13

Los arqueólogos se encuentran en una situación desesperada. La criatura convocada por el libro de los signos malditos ha cobrado vida y está decidida a conseguir lo que desea, sin importar las consecuencias para el mundo.

Los arqueólogos deben luchar por su supervivencia mientras intentan encontrar una manera de detener a la criatura. Pero cada vez que se enfrentan a ella, se dan cuenta de que es más poderosa de lo que habían imaginado. Mientras tanto, los signos siniestros continúan apareciendo en el mundo a su alrededor. Los animales siguen actuando de forma extraña y los sueños aterradores se vuelven más frecuentes.

La criatura, sin embargo, no se deja atrapar fácilmente. Cada vez que los arqueólogos se acercan, utiliza su gran poder para mantenerlos alejados. Pero los arqueólogos no se rinden y continúan luchando por sobrevivir y detener a la criatura antes de que sea demasiado tarde. Finalmente, después de una larga lucha de hechizos, los arqueólogos logran derrotar a la criatura. Pero mientras lo hacen, se dan cuenta de que el libro de los signos malditos ha desaparecido.

Los arqueólogos se preguntan qué pasará ahora que el libro está en manos desconocidas. ¿Será convocada otra criatura? ¿Continuarán apareciendo signos siniestros en el mundo? ¿O podrán encontrar una manera de evitar que el libro caiga en manos equivocadas?

Capítulo 14

Después de la lucha contra la criatura invocada por el libro de los signos malditos, los arqueólogos se encuentran agotados, pero conscientes de que su trabajo no ha terminado. Saben que el libro sigue siendo una amenaza para el mundo y deben encontrar la manera de detener su poder de una vez por todas.

Mientras buscan pistas sobre el paradero del libro, uno de los arqueólogos encuentra un antiguo manuscrito en una biblioteca abandonada. El manuscrito describe un antiguo ritual que puede ser utilizado para sellar los poderes del libro para siempre. Pero el ritual requiere un sacrificio final: una vida humana.

Los arqueólogos se sienten abrumados por la perspectiva de tener que sacrificar a alguien, pero saben que es la única manera de detener el poder del libro. Después de discutirlo durante horas, deciden que el sacrificio debe ser voluntario y que deben encontrar a alguien que esté dispuesto a dar su vida por el bien del mundo. Después de una búsqueda exhaustiva, encuentran a un anciano que se ofrece como voluntario para el sacrificio. El anciano les explica que ha vivido una vida plena y que está dispuesto a dar su vida para proteger a las generaciones futuras.

Los arqueólogos preparan el ritual y llevan al anciano al lugar de sacrificio. Mientras llevan a cabo el ritual, sienten que el poder del libro se hace más fuerte y que algo oscuro se acerca. Pero también sienten una sensación de paz y de que están haciendo lo correcto. Después de terminar el ritual, los arqueólogos sienten una gran liberación y un sentimiento de triunfo. Saben que el poder del libro ha sido sellado para siempre y que el sacrificio del anciano no ha sido en vano.

Mientras se alejan del lugar del sacrificio, los arqueólogos saben que han hecho lo correcto y que han salvado al mundo de una gran amenaza.

Capítulo 15

Después del sacrificio del anciano y la realización del ritual para sellar el poder del libro de los signos malditos, los arqueólogos sienten una gran sensación de alivio y triunfo. Sin embargo, la paz no dura mucho tiempo.

Poco después de regresar a su hogar, comienzan a notar una serie de acontecimientos extraños. Pequeños signos aparecen en la pared, el suelo y los objetos que les rodean. Parecen ser los mismos signos que aparecían en el libro maldito que creían haber sellado para siempre. Los arqueólogos comienzan a sentir una sensación de terror y temen que el libro haya vuelto a su poder. Deciden investigar y regresan al lugar donde realizaron el ritual de sellado.

Allí descubren algo aún más aterrador: el libro de los signos malditos ha desaparecido. No saben cómo ni quién lo ha tomado, pero están seguros de que su poder es más fuerte que nunca.

Mientras los arqueólogos intentan desesperadamente encontrar el libro, comienzan a suceder cosas terribles. Los animales a su alrededor comienzan a comportarse de manera extraña otra vez, como si estuvieran bajo el control de una fuerza oscura de nuevo. Los signos ominosos aparecen con más frecuencia y los arqueólogos comienzan a tener pesadillas recurrentes.

En un intento desesperado por detener el poder del libro, los arqueólogos deciden realizar otro ritual para sellar el libro y destruirlo de una vez por todas. Pero saben que, para hacerlo, deben encontrar el libro primero. Los arqueólogos continúan su búsqueda frenética y, finalmente, descubren al responsable del robo del libro: un anciano que parece estar poseído por la misma fuerza oscura que el libro.

En un intento desesperado por recuperar el libro, los arqueólogos luchan contra el anciano a base de golpes. A medida que la lucha se intensifica, los arqueólogos comienzan a notar algo extraño en el anciano. Parece haberse transformado en algo inhumano, algo que no pertenece a este mundo. No obstante, no importan, Finalmente, después de una lucha sangrienta y agotadora a base de golpes de mua thai y box, los arqueólogos logran recuperar el libro y realizar el ritual para sellarlo. Sin embargo, cuando intentan destruirlo, descubren que el libro es indestructible. Han sellado su poder, pero el libro sigue existiendo. Y es algo sumamente extraño.

Los arqueólogos saben que han hecho lo que pudieron para proteger al mundo, pero temen que el libro siempre esté ahí, esperando para ser descubierto por alguien más.

El templo maldito

Alrededor del año 2099, la humanidad se había extendido a lo largo y ancho del sistema solar, colonizando planetas y lunas para asegurar la supervivencia de la especie humana. Uno de esos planetas era Gamma-12Ut67, un mundo rocoso y desértico que se había convertido en una fuente importante de minerales y recursos para las más grandes compañías de la Tierra.

Un grupo de exploradores liderados por la científica Jillian Wart había sido enviado a Gamma-12 para investigar una anomalía en la superficie del planeta. Al principio, parecía ser un simple cráter, pero a medida que comenzaron a explorar, encontraron algo que les hizo detenerse en seco. Un antiguo y misterioso templo, tallado en la roca pura, que parecía estar abandonado hacia millones de años. El lugar estaba cubierto de polvo y arena, pero a pesar de su apariencia desgastada, había algo en él que llamaba la atención del grupo de exploradores que se encontraban.

Mientras exploraban el templo meticulosamente, de pronto encontraron un libro antiguo en una habitación escondida. El libro estaba forrado en una especie de cuero y tenía símbolos extraños tallados en la portada. Al principio, parecía ser un simple libro antiguo de una civilización perdida, pero a medida que comenzaron a leerlo, descubrieron que era mucho más que eso.

Las palabras parecían tener un efecto hipnótico y extraño en la mayoría de los miembros de la expedición, haciéndolos cada vez más inquietos y ansiosos. Algunos se rascaron inconscientemente, otros hicieron muecas extrañas y algunos otros entraban en pequeñas éxtasis. Pronto se dieron cuenta de que cuando abrieron el libro, habían desatado algo sepa que cosa. La criatura mencionada en el libro parece estar más allá de la comprensión humana. Esto era algo completamente insólito y desconocido para ellos y, a medida que el grupo se adentraba más al fondo de aquel enorme templo, se dieron cuenta de que habían cometido un terrible error al interrumpir algo que nunca debió haber sido despertado.

Y sucedió, lo que más temían: La criatura comenzó a aparecer ante ellos, apareciendo y desapareciendo en la oscuridad, dejándolos totalmente presos del terror. Su presencia es abrumadora, y su misma existencia parecía desafiar toda lógica y razón, en definitiva, era un ser caótico.

Y entonces, al tratar de escapar del templo, el grupo se encontró con una serie de obstáculos aparentemente insuperables. Una especie de niebla oscura parecía rodearlos y atraparlos, haciéndolos perder todo sentido del tiempo y el espacio. Además, esta criatura parece estar observando cada uno de sus movimientos, susurrando palabras crípticas que los atormentan y agotan emocionalmente.

Luego de horas de increíble terror y angustia, el grupo salió del templo, solo para encontrar un paisaje desolado y brumoso que parecía extenderse hasta donde alcanzaba la vista. Ya no sabían si lo que veían era la realidad o una ilusión creada por la entidad que los acechaba. Los aventureros están varados en el planeta, perseguidos por esta criatura y sin poder regresar a casa.

Anna y su equipo de científicos han pasado años buscando un planeta habitable que la humanidad pueda colonizar. Después de muchos intentos fallidos, finalmente encontraron un planeta aparentemente perfecto. Pero al aterrizar allí, se dieron cuenta de que algo andaba mal. El planeta está cubierto por una densa niebla que limita la visibilidad a varios metros. También había un silencio inquietante en el aire, como si no hubiera vida en el planeta. Pero el grupo decidió seguir adelante y explorar el lugar. Sin saber siquiera que podrían encontrar con aquel terror maldito que tenía en sus garras al primer equipo de exploradores.

Horas después, encontraron un templo abandonado en medio de la niebla. Aunque el templo estaba abandonado, un aura extraña y misteriosa lo rodeaba, lo que atrajo la atención del equipo de exploradores. Anna y su equipo decidieron ir allí para ver si podían encontrar algo interesante. Dentro del templo, lograron encontrar un libro antiguo que parecía estar hecho de un material desconocido. Anna, experta en idiomas antiguos, comenzó a leer el libro en voz alta. Pero mientras lo hacía, algo extraño comienza a suceder.

El libro parece tener un efecto hipnótico en los miembros del grupo, haciéndolos cada vez más inquietos y nerviosos. Algunos comenzaron a hacerse pequeñas heridas con sus uñas de manera inconsciente, mientras que otros comenzaron a hacer movimientos erráticos con su cabeza y manos. Luego de unos minutos luego de esos pequeños trances, se dieron cuenta de que cuando abrieron el libro, habían igual habían desatado algo siniestro en el templo.

Y al igual que el primer grupo de exploradores, La criatura descrita en el libro parece ser algo completamente extraño para ellos, y a medida que se adentran más en aquella antigua construcción, se dan cuenta de que cometieron un terrible error al haber entrado en aquel lugar maldito.

Y entonces al igual que el primero grupo ya liberada, La criatura comenzó a aparecer ante ellos, apareciendo y desapareciendo de la misma forma que antes, dejándolos atónitos y sin saber que hacer. Y ahí en ese lugar seguramente encontraron su destino final: una muerte horrible y rápida en el mejor de los casos, pero en el peor: una pesadilla eterna en una dimensión quizás latente de tiempo y espacio.

Gracias